THINKING FOR YOURSELF
—ANNO'S ESSAYS ON "CHILDREN"

Published by Fukuinkan Shoten Publishers, Inc., Tokyo, 2018
Printed in Japan

まえがき

わたしは絵を描いて暮らしています。「発見や創造の喜びをわかち合い、迷路のような所へ誘いこんで悔しがらせる、そんなおもしろい本はできないものか」と思いながら、絵本を作ってきました。

『ふしぎなえ』という絵本を出したのは、いまから五十年前のことです。その頃は〝文字のない絵本〟というものがなくて、「文章のない絵本ではわからない」という人がたくさんありました。そもそも絵本というのは、ぱらぱらぱらぱら見ておしまい、というものではなくて、ああでもない、こうでもないと何度も繰りかえし見て、たのしむような本でありたいと思っています。それは五十年前もいまも同じです。

ぱらっと見て終わってしまう、とか、わかりやすい、という絵本はたくさんあります。絵本だけではなく、日常のことでも、「わかりやすい」「すぐに役に立つ」ということが大切と思われていて、「自分で考える」ということが少なくなっているように感じています。

「考える」ということは、「数学の問題を考える」場合のように、出された問題の答えを考えることだけではありません。「考える」ということは、普通に暮らすことです。「普通に暮らすこと」＝「考えること」といわれても、かえってわからなくなるかもしれませんが、たとえば「晩ご飯のことを考える」だけでもたいしたことですし、「子どもを育てることを考える」としたら大事業です。

ハイハイをするような赤ちゃんでも、部屋の中に段差があって、手から降りることができないとわかると、くるりと後ろ向きになり、足から降りたりします。これも、赤ちゃんが自分で考えてそうしているのです。

わたしは最近、スイスへ行く用事ができたのですが、手違いのため、行くことができなくなって、しかたなくボスニア・ヘルツェゴビナ、コソボ、マケドニアの三国を回るバスツアーに参加してきました。せっかく時間を空けておいたのに、予定を変えることになってしまい、もうどこでもいいから、いままで行ったことのない所へ行ければいい、と思うようになっていました。六日間の旅でした。

それまでのわたしの旅は、自分で車を運転して、（でたらめではあっても）一応の目安を立てた旅でした。それが、こんどは何も考えないまま旅に出ていったのです。宿のことも、食事のことも、見るものも（マザー・テレサがマケドニア出身であることも、旅先ではじめて知りました）、荷物のことも（一緒に行った仲間が運んでくれました）一切考えず、格別自分で計画していない旅でした。

つまり、その一週間というものは、何も考えないで、体を人にあずけたようなものでした。それなのに疲れて、ツアーの人はみんな名所をめぐってくるのに、わたしだけバスの中に残ってうたた寝をしていたくらいです。

バスの中から見る世界も悪くありませんでした。ははあ、この国にも大工さんがいるのか、あのふたりは何を話しているのか、借金のことか、それとも縁談のことかもしれないなどと、想像をたくましくしました。

それで、じゅうぶんたのしい旅でした。

建築家の安藤忠雄さんも、哲学者のデカルトも、本を読めるだけ読んで、旅に出ます。ここから先は本の中ではなく、実際の風景や、人々の生活の中に学ぶものがあると考えたからです。

わたしの場合、今回の旅は、きちんとした考えを持ったものではなく、考えない旅でしたから、あまり立派なことはいえませんが、人は考えないようでいて、やはり生きていれば、何かを考えているのです。

振りかえってみると、たとえば哲学者でなくても、わたしたちは毎日考えて暮らしているのでした。

この本では、テレビやインターネットなどを見ているうちに、料理のしかたから、作法のありようまで、「考え」をだれかに託してしまっている、このことを「考えなくなっている」といっています。

この本は「すぐに役に立つ」本でも、「○○ができるようになる」ための本でもありません。

「自分で考える」ということはとても大切なことですから、本を読みながら、自分自身で考えてもらいたいと思っています。

かんがえる子ども ◎ 目次

2 学ぶことについて「考える」

ふろく

本文レイアウト　森枝雄司

装丁・画　安野光雅

1　子どもについて「考える」

心の豊かな子ども時代

わたしが子どもの頃のことです。五つ下の弟に、「いまから秘密を教えるから、絶対人にいうなよ。兄として、弟に秘密を持つことはできないのだ」といって、話をしました。

「うちには地下室があって、お金でも洋服でもおもちゃでも、いろいろしまってある。入り口は米櫃《びつ》の中だ。米の中をかきわけて、掘るようにして深く進むと、地下室に出る。うちは、外から見ると貧しいが、米は地下室から湧きだしてくるんだから、食べることで困ることはない」

弟はみるみるうちに真顔になりました。すると、自分でもそれがほんとうのことのように思えてきました。

「いいか、おまえも六年生になったら、父さんが秘密を話してくれる。だから、六年生になって、この秘密を聞いたら、はじめて聞いたような顔で聞くんだぞ。この話は、だれにもいうなよ。『うちに地下室がある』と自慢するものがいても、『うちにもある』などと負けずにいうなよ」

のちに、弟にこの話を覚えているか、とたずねたところ、「あんなに心豊かになったことはなかった」といっていました。子どもは、こういう世界に反応してくれます。きっと、子どものための話（童話など）というものは、こうやって、子どもたちと反応しあい（実験台にし）ながら、できていったのではないかと思います。

子どもはだれでも、空想の世界で遊んでいると思います。

ぜひ、みなさんにもおすすめしたい遊びがあります。それは、床《ゆか》の上に鏡を水平に置いて、鏡の中をのぞくのです。そうすると、鏡の中が地下室みたいに見えてきます。一階の床の上でないとだめです。

わたしは子どもの頃、鏡を畳の上に置いて、そこにうつる世界に心をうばわれました。鏡をのぞいても、天井しかうつらないと思いやすいけれど、角度を変えてのぞくと、たいていのものはうつります。ひとりで遊んでいて「そうだ、今日も鏡の中をのぞいてみよう」と思ったものです。

鏡の中にうつっている、ひさしの方を見ると、そこには空が見えるのですが、その空を下にして、ひさしに腰をかけている自分を想像するのです。そして、ひさしをまたいで、こっちに歩いて……などと思いめぐらすと、想像しただけで、ものすごく深いところに落ちていくような感じがして、こわいくらいでした。

わたしのはじめての絵本『ふしぎなえ』*の中には、そんな鏡の中をのぞいたときの思い出を描いた場面が入っています。

もうひとつ、子どもの頃おもしろかったのは、学校の休み時間に、窓から運動場で遊んでいる子を見ながら、適当にせりふをつけて遊ぶことでした。豊田くんという子とふたりで、「いま、あいつは、○○っていったんだよ」「すると△△とかっていったんだ。そうするとあいつがこういったんだ」と、勝手に話していることを決めるのです。それがおもしろかった。実際にそうしゃべっているかどうかわからないけれども、不思議とそのように見えてきます。それが、のちに『旅の絵本』*を描くときに役に立ったように思います。

＊『ふしぎなえ』…月刊絵本「こどものとも」一九六八年三月号。のち、単行本化。階段をあがると上の階へ、またあがると、もとの階に戻っている。迷路に入っていくと、いつのまにか天地がさかさまに。蛇口から流れ出した水は、川となってまた水道に循環して……。小人の案内で不思議な世界に導かれる、文字のない絵本。M・C・エッシャーに先例がある。（福音館書店）

＊『旅の絵本』…船で岸にたどりついた旅人が、馬に乗って、丘を越えて村から町へと向かう。中部ヨーロッパの自然や街並み、人々の日常の暮らしぶりを細やかに描いた、文字のない絵本。グリムの昔話など、よく知られた、数々の話の一場面や、名画なども描きこんである。「旅の絵本」シリーズは、中部ヨーロッパ編のほか、イギリス編、アメリカ編、スペイン編、中国編、日本編など、全九冊がある。（福音館書店）

子どもの生きている世界

子どもが、ご飯を食べているときに、よくお茶碗をひっくり返すといって叱られます。そんなとき、子どもの目線になるとわかります。おとなはテーブルを見おろせるので、醤油さしや、塩などが、どこにあるのかを知っています。けれど、子どもの目

『ふしぎなえ』より

の位置はテーブルの高さとあまり変わりません。そのために、テーブルの上のものに手がぶつかって、ひっくり返してしまうのは、思うに、あたりまえのことなのです。

このような「物理的な違い」で理解できることがある一方で、どうも、子どもが感じている世界とわたしたちおとなが感じている世界とは、違うのではないかと思うことがあります。

たとえば、子どもの頃の二十四時間はとても長かったように思います。ところが、おとなになってからの二十四時間は、まるで短いのです。どうしてなのでしょう。物理的に計測した時間や空間は同じでも、生活の中で感じる時間や空間のとらえ方は、子どもとおとなで違うのではないでしょうか。

久しぶりに、故郷の津和野に帰ったときに感じたことで、これはだれでもが経験することのようですが、子どもの頃の印象と比べて、道の幅が狭く感じました。それに、子どもの頃には、ずいぶん高く見えていた屋根に、すぐにも手が届きそうでした。

はじめは、おとなになった目の高さがそう感じさせるのかと思って、試しにしゃがんでものを見てみました。でも、どうしても子どもの頃の目にはなれませんでした。それはおとながしゃがんでいるのであって、子どもが立っていることと同じではないのです。子どもの目の高さが低かったからとか、自分が相対的に小さかったから、というのではないと思います。

子どもに見えているものと、おとなに見えているものは、そもそも違うのではないでしょうか。もしそうだとしたら、この「違い」は、親や教師が心すべきことだと思います。

自動車が遠ざかっていくのは見ているとわかります。ところが、ある一点から先は、大きいものが遠くにあるのか、小さいものが手前にあるのか、区別がつかなくなります。それらの見わけのつく距離は、おとなではどのくらいというのがあるのですが、子どもはうんと手前だそうです。ある一定の距離から先は、遠近感がなくて、壁だというのですが、これを最遠平面*といっています。最遠平面が子どもとおとなとで違うのは、ふたつの目の位置が子どもよりおとなの方が、より離れていることにも関係がありそうです。

子どもとおとなとではものの見える世界が違っているということは、写生させるとよくわかるのですが、子どもは望遠鏡でのぞいたのではないかと思うようなところでも、絵に描きます。たとえば、おとなには、遠くに小さく見えるような鳥居を、子どもは画面いっぱいに描くこともあるのです。おとなには、小さくしか見えないようなものにも注目しているらしいのです。

おとなと子どもとは、日常の世界が変わってきている、ということもあります。テレビ、携帯電話、スマートフォン、パソコンなど、身の回りにあるものが、時代によって変わってきているのですから、「むかしはこうだった」というような話を子どもにしても、親のやってきたことと、まったく同じにはできないでしょう。

また、子どもの記憶力や、ものごとに対する新鮮さの加減は、おとながおよびもつかないものです。

いろいろな意味で、おとなと子どもは、生きている世界が違うのだから、子どもがおとなの思うようにはいかないのも当然です。

おとなと子どもとでは、いろいろな意味で尺度が違うことを知っておくことが大切だと思います。

＊最遠平面…『生物から見た世界』ユクスキュル　クリサート　著／日高敏隆　羽田節子　訳（岩波文庫）にくわしい。

子どもの「遊び」は「学び」

子どもの遊びは生活そのものです。そして、遊びながらいろいろなことを学んでいます。

あるとき、絵を描きにいった伊勢志摩の道ばたで、子どもたちが数えうたを歌って遊んでいました。ちょっと聞いていたら、うたが五つくらいまでで終わってしまう。

「なぜ、五つまでしか歌わないのか」とたずねたところ、「だって、五つまでしか知らないんだもん」という答えでした。「では、十《とお》まで作ってみれば」といったところ、すぐに自分たちで考えはじめ、じょうずに韻をふんだりしながら、ちゃんと十まで作ったのです。それは子どもの隠れた能力だと思えます。

また、ありもしないことをほんとうらしく話したり、約束ごとの決まった野球のような遊びでも、自分の都合のよいルールを思いついて、そちらの方を正しいと考えたり、遊ぶ間に、いわゆる「生活の知恵」を身につけていきます。

幼稚園や保育所では、遊びが勉強ですが、小学校では机につくことも勉強になります。そして、わたしやわたしの息子の時代には、学校とは別に、駄菓子屋という世界で知ることがありました。

子どもの頃、駄菓子屋（神戸で、ひと夏を過ごしたのですが、その頃の駄菓子屋で賭博性のないものはありませんでした）で、くじをひきました。ところが、何度ひいても、一等や二等は出ません。

その後（わたしが親になってから）、東京・御徒町のアメヤ横丁で、くじびきの「くじ」を売っている所を見つけたので、子どものおみやげに買って帰りました。そして、一日一回、そのくじをひいていいことにしました。お父さんが、一等や二等を隠しているとも知らず、子どもたちは毎日くじをひきました。むかし、駄菓子屋にあったくじは、こういうものだったのです。

駄菓子屋とは、子どもの世界そのものでした。おとなになっても、あのあやしく、不衛生ともいえる駄菓子屋を思いだし、「イカの足を売っていた」「スルメや、ニッケイがあった」「あんこ玉もあった」と懐かしむのです。駄菓子屋は、（不衛生だということで）親が行くことを反対するような場所ではあったけれど、おとなになってしまったわたしが、むかしもいまも血の騒ぐ、忘れられない世界です。話してみると、わたしの子どももまた忘れられない世界だというのです。

話はそれますが、いまの日本は世界でも一番清潔だといいます。神経質なまでに不衛生を嫌い、いつも消毒しています。こんな所は世界中どこにもありません。

『あいうえおみせ』より

あめや　いしやきいもや

いしゃ　ろくろや

少し不衛生なことがあるかもしれないけれど、消毒しすぎないで育ったために身につく免疫力もあると思います。

最近、子どもが遊ばない時間が増えているということですが、親の方も遊びなさいとはいわない。それは、子どもの生活が、親の考える「ものさし」と合っていれば安心だからです。親がこうしてもらいたい、と思っているように勉強させてくれるので、最近では塾に行くことが子どもの生活にくみこまれています。

子どもの遊びは「学び」そのものです。学校に行くことがあたりまえ、それが学ぶことだと思っているけれど、子どもの「勉強」を、おとなが思う「勉強」にあてはめるのは、ほとんどの場合はおとなの勘違いだと思っています。

おとなの目が行きとどいていることは必要ですが、行きとどきすぎると、子どもの自由がなくなります。子どもだけの時間、子どもだけの世界が必要だと思います。学校と、子どもだけの世界を比べると、学校はたてまえで、子どもだけの世界はほんものです。どういうことかというと、学校で「野球をやりましょう」といわれて遊ぶのと、「野球をやろう」と仲間が集まって遊ぶのとでは、「遊び」の中味が違ってくるのです。子どもはほんものの遊びの中から学んでいくのです。

子どもはおとなをよく見ている

二十三歳のとき、山口県徳山市（現在の周南市）で小学校の代用教員をやりました。三年生を受けもったのですが、とにかく子どもたちに何かを伝えなきゃ、という気持ちがあり、振りかえってみると熱心な教師だったなと思います。戦後、教科書などがなかった頃のことで、当日になって、今日の授業は何をやろうかと、いろいろ考えました。もちろん、美術に限らず、音楽や体育、何でも教えなければなりませんでした。その後、奇縁があって、東京に来ました。そして、東京都の教員試験を受けて絵の教師になりました。

子どもを見ていると、「子どもは、ばかにできないなあ」と感じます。いままでもそのように思うことが多かったのですが、手短かにいうと、三つの子どもでも、しなを作ります。

たとえば、ある子どもがいて、カメラを前にすると、すましたり、ポーズを取ったりします。小さな子どもでも、第三者を意識していることがわかります。

わたしの家にいた赤んぼうが、お手伝いさんが足で扇風機のスイッチを入れているのを見ていたせいか、扇風機のところまで来ると、くるりと後ろ向きになり、足の先で扇風機のスイッチを入れたことがあります。

子どもは、おとなのすることをしっかり見ています。その結果、かなり演技をし、だんだんと要領がよくなっていきます。どういう答えを書いたら先生にほめられるのか、ということまでわかってくるようです。

振りかえってみると、わたしたちでも子どもの頃はそうでした。もっともらしいことを教えられれば教えられるほど、自分自身やめるつもりのないことでも「廊下を走るのはやめましょう」などというようになります。これは学校自治会の決まり文句になりました。自分は走っていても、「廊下を走るのはやめよう」といえるのがほんとうの子どもだと思います。おとなと一緒に生きていくための、これも一種の「生活の知恵」なのでしょう。

親が子どもに「こんにちは、っていいなさい」というのを、どこかで耳にしたことがあるでしょう。すると、子どもは不承不承に「こんにちは」といったりします。そのように愛想のないのがいたり、反対にじつにお行儀のいいのがいたりするのですが、子どもなのだから無愛想でも、なりゆきのままでいいと、わたしは思います。それが「子ども」というものだ、と思うのですが、それをちゃんとさせるのがしつけだ、という人がいます。でも、しつけなんてどうだっていい。わたしはしつけなどという考えかたが嫌いです。子どもは早くおとなのようになるより、子どもらしい世界に存分に生きて、自分から「お行儀良くした方がいいらしいぞ」と感じるときが来るのを、待つ方がいいと思います。

わたしの子は四歳の頃から、壁に落書きをはじめ、ついに描くところがなくなるまで描きました（いまに、壁を塗りなおすからいいか、と思っていました）。塗りなおしてからは落書きをしなくなりました。

子どもがおとなの考えるような理想的な姿になったらどうしましょう。作法を注意し、言葉遣いを正しくさせ、礼儀が完璧になった子は、わたしには気持ちが悪いのです。『大草原の小さな家』*のお母さんはじつに模範的な教育をします。荒野の一軒家なのに、だれにお行儀のいいところを見せようというのでしょう。

よその家に行って、じつに立派な挨拶をする子に会うことがありますが、作法にかなわなくていいのに、と思います。言葉は下手でも歓迎の気持ちが伝わるほうがいいのに、と思っています。おみやげのお礼がうまくいえなくても、心の中では喜んでいることが伝われば、それでいいのです。子どもの礼儀にかなった返事を期待して、おとながご褒美を与えるとしたら、おとなの方が間違っています。

しつけができていない子どもは受けいれられない、などというおとなも実際にはいるようですが、わたしはそういう子どもたちが好きです。

*『大草原の小さな家』…開拓時代のアメリカを舞台にした、自然の中でたくましく生きるインガルス一家の物語。ローラ・インガルス・ワイルダー 作／ガース・ウィリアムズ 画／恩地三保子 訳（福

音館書店）

「嘘」のこと

あるとき、孫から「おじいちゃんは強い？」とたずねられたので、「うーん、どうかなあ」と答えたら、ひどくがっかりされたことがあって、しまった、強いといっておけばよかったと思ったことがありますが、子どもは強いものに対するあこがれを持っているようです。少なくとも自分を守ってくれる、強い存在がほしいのです。

「嘘」は子どもにとっては、生活の知恵だと思います。子どもは、自分が世間全般（多くはおとなたち）と比べて、弱いものであるということに気がついているので、自分より強いものに頼ろうとし、また、一方では、強いものに対して自衛的になります。

子どもは、宿題をしなかった、親から頼まれたことをやらなかった、というようなとき、自衛的な「嘘」をつくことがあります。「おなかが痛かったから」「お母さんに買いものを頼まれたから」など、表面糊塗の「嘘」ですが、子どもは真剣です。では、子どもが嘘をついたときはどうするか。子どもの嘘がばれたときは叱るしかないと思います。

「嘘」は良いのか、悪いのか。それを明言するのは、とても難しいことです。「嘘も方便」という言葉がありますが、それは、おとなの、その場しのぎの答えかたのことで、「嘘は泥棒のはじまり」というのは、おとなの側の論理だと思います。そして、おとなの「嘘」は自分をほろぼします。

ただし「芸術」と呼ばれるものは、大なり小なり「嘘」の部分があって、演劇や、絵も例外ではありません。演劇の場合は「嘘」そのもので、それを見る人も演じる人も、「嘘」という大前提でこれを見ています。

「嘘」を突きつめて考えていくと、「ほんとう」の方が少ないのではないかと思うくらいです。「事実」というのはほんとうにあったことだけれど、これを人に伝えようとすると、言葉にする、つまり、情報にする、という手続きが必要です。情報はできるだけ真実に近くありたいと願っていますが、所詮事実ではありません。ほんとうのことは刻々と、過去のものとなり、情報化して記録にとどめはするけれど、そこには嘘が入りやすくなると思います。そして、ほんものの嘘になります。

絵は実物そっくりになればなるほどいい、という考えかたがあります。日本では精密な絵を描く、野田弘志*さんがいます。彼の描く絵は徹底的な写実です。しかし、まねができません。見える世界の中から「一角を切りとって絵にしている」という点で、あるいは「その一角を演出している」という点で、その絵は彼の「作品」で「実際のもの」とは違っているのです。

絵はそっくりに描けばいいというものではありませんし、わざと変えて描かなくても、描く人の個性がそっくりにはさせないものです。つまり、「表現」という段階で「嘘」になるのです。

＊野田弘志…一九三六年生まれ。画家。モチーフのありのままを見つめ、デッサンし、徹底した写実で絵画作品を作っている。

4にんの　おうさま
いや　8にん　だったかな
おうさまたちは
どちらが　さかさまか
もう　なんびゃくねんも
かんがえて　いるのです

『さかさま』より

おとなの都合で、子どもを叱る？

そもそも、子どもは叱られることばかりします。そんなときは、叱るほかありませんが、ぶったり、たたいたりしては、心に傷が残ります。わたしは一度もぶったことはありませんでした。

「子どもを叱ってしまった」と思ったときは、考えてみてください。

よく見ていると、親が自分の都合で子どもを叱っていることが多いことに、わたしは気がつきました。たとえば、家で洗濯ものを干しているとき、買いものをしているときに、子どもが邪魔をするとか、自分が急いでいるのに子どもが手間をかけるとか、ほとんどの場合、おとなのさまたげになるときに叱っているように思います。

子ども自身の成長に必要だから、ということで叱っている方は、少ないのではないでしょうか。

そもそも、わたしは「しつけ」が嫌なので、叱ることはあまりありませんが、ほかの子を傷つけたり、いじめたりしたときには叱ることも必要だと思っています。

成長の段階

子どもたちは、「少年・少女」期から、「青年期」へうつっていきます。このあたりの変化は驚くほどで、同級生でもヒゲのはえている子がいたりします。

「少年・少女」と呼ばれる年頃は、「親のコントロールの中にいる」、または「おとなのいったことを守る」時期なのだと思いますが、「青年期」は、「悪いことが格好いい」と思ったり、「悪いとわかっているけれど、あえて、やっちゃいけないといわれたことをやってみたくなる」危険な時期です。「青年期」をわかりやすくいうと、「タバコを覚えるとき」ともいえると思います。早くおとなになりたいのです（ここではそれをタバコという危険なものであらわしているだけで、実際にタバコを吸うかどうかとは関係ありません）。その頃の自分のことを思いだしてみると、何かで先生から調べられたりするとき、ひやひやしながらも、そのひやひやした感じが英雄になったかのようでもありました。ただ、この場合の英雄は〝ナポレオンの英雄〟ではなく、マイナス点のつく英雄、つまり〝退学すれすれの英雄〟です。

善し悪しはともかく、「子どもの成長」とは、そういう段階を経るものだと思います。

「青年期」には、成績がよくなるという意味のプラス志向をあきらめると、先生の指導とは反対のマイナス志向になり、その中に意味を見つけようとしはじめることがあります。わたしは親友が、マイナスの方向へ行くのを見ました。退校になった彼の家に遊びに行ってみると、別れるときに泣いていました。理由はわからずじまいですが、その年頃に自殺した親友もいました。わたしはかわいそうだと思うほかに、たくさんのことを考えられる年齢ではありませんでした。

ついでにいうと、わたしは青年期の高校生が好きではありません。そこには、自分が投影されているからです。あまり優秀な高校生ではなかったので、それを思いだすのが嫌なのです。その時期というのは、自分のやっていることと、自分の理想の姿とがずれていました。もっと正しい青年像を自分の中に持っているのに、その道に行こうとすると、違う青年になってしまうのです。

このおとなになる直前の「青年期」のはじめから中頃、つまり、人生の価値観に疑いを持つような時期の子どもとのつきあいは、とても難しいと思っています。

ビリのプライド

このところ、子ども自身が、はだかで現実にぶつかることが少ないのではないかと思います。子どもの世界にもさまざまなできごとが起こり、良いことも悪いことも出てきます。そういう中でいろんなことにぶつかり、子どもなりの葛藤を経験し、やがてそれを免疫にしながら大きくなっていくのだと思います。ところが、親の方がその大切さを知らないで、みんなで相談して理想的な、平和の園を作ろうとしています。一見、それができあがっているように見えるところが問題で、現実には、いじめっ子や、いじめられっ子がいるのが子どもの社会です。

残酷なことをいうようだけれど、その中でもまれるという生活体験は、のちに必ず生きてくると思います。わたし自身の経験からも、悔しさや屈辱感を経験するのは、おとなよりも、子ども時代の方がふさわしいと感じます。そうしておとなになっていくのです。

なぜ、子ども時代がふさわしいかというと、子ども時代の屈辱による痛手は、その後、修復がきくからです。そして、修復のしやすさですが、子どもの頃だと一日で持ちなおせるようなことが、おとなになってからだと一年かかったりします(そうはいっても、いじめにも程度がありますし、いじめられている子にとったら、とても大きな問題です。いじめられるのだったら、学校に行かなくてもいい、とわたしは思っています)。

わたしは三月二十日生まれで、クラスでは一番ビリでした。運動会はもちろん、学芸会でも出る幕はありませんでした。クラスには、早く生まれたものと、遅く生まれたものがいて、ほぼ一年の違いがあります。小学校の間はこの違いは大きいものです。

運動会の徒競走はビリでした。黙って走ればいいのに、照れかくしの笑いを浮かべて走りました。あの満座の中を、笑いながら走ったことは忘れられません。だから運動会は嫌いでした。自分が教員になってからも、ビリで走る子どもを見ると、自分の姿を見るようでつらかったのです。ところが、だんだんと悟って、ビリでも結構じゃないか、と思いはじめました。必ずだれかがビリになる。ビリになったら、照れかくしの笑いもするだろうし、屈辱を味わう悲しみもある。そういうものがいろいろ影響して、成長していくのだと思うようになりました。

ところが、最近は「ビリはかわいそうだから、どうにかしてやらなければ」などと考えます（予選をして、同じくらいの速さの子どものグループを作り、そのグループで走らせるという一例がありますが、そんなことをしても、やはりビリは出るのです）。過保護というのか、おとなたちが、ビリが出ないようなことを考えるのですが、あれはかえっていけないと思います。そして、ビリになっても、なまじ慰めてもらわない方がいい。それを、最後までよく走りましたとか、拍手しましょうなんて、嫌なものです。

運動会は嫌いでした。体操も嫌い、お遊戯も嫌い、いまでも社交ダンスができません。しかしわたしは、笑いながら走った、悲しい思い出を、得がたいことのように思いだすことができます。あの照れかくしの笑いというのは貴重でした。

「一位になっても得意にならず、ビリになってもべそをかくような子ではいけない。世の中は、何でも競争するようにできている。いま、一等になるために走るのではなくて、いつかおとなになって一等になっても得意にならず、ビリになってもくじけない、そんなプライドを持つ日のために走るのだ」

格好のいい空想の演説です。

子どもにとっては、「いま」が大事

宿題をしない子がいるのは、ほんとうは先生の責任、宿題を出さないのも先生の責任、そういうけれど、提出された宿題を見るのも、先生にとっては大変です。でもいま思うに、新しく習った漢字の書きとりの宿題で、「今日家に帰ったら二十字ずつ書いてこい」といわれて、漢字を分解し、——————＝＝＝＝＝＝という具合に機械的大量生産でやって提出したことがありますが、いま漢字を覚えているのは、そのむかしの宿題のたまものだ、と思って感謝しています。字を覚える年頃というのがあります。それは子どもの頃です。楽譜などもおとなになってからでは大変です。

碁でも将棋でも、たぶんそうですが、子どもの頃にはじめたものは、おとなになっても忘れないのだと思います。子どもの時代は、のちの大学時代よりもよほど大切です（こういっても、そのことがわかってもらえる人は少ないものです）。

子どもはのびのびした方がいい。そのように思う一方で、子どもの頃、やっておいた方がいいと思うことがある。おとなになったものは、「いま（子どもの頃）やることがどのくらい大切か、子どもにはわからないだろうが、わたしたちには痛いほどわかっているのだから、いまやりなさい」といいます。ところが、子どもはなかなかやらないものです。でも、「やらない子ども」というのも正しいと思うのです。

子どもは、いまのことしかわからないのが普通だし、子どもの生命力とはそういうものかもしれません。

おとなになってから、子どもの頃にやっておけばよかった、ということはたくさんあります。でも、子どもがそれをやらないからといって、親は嘆かないでもいいでしょう。おとなは後のことばかりを重く見て、いまのことを大事にしませんから、子どもから見ると、せっかち、ということになります。

よく覚えているのですが、一九六九年七月二十四日、月に行った宇宙船アポロ十一号が太平洋に着水するというので、わたしはこの歴史的瞬間を子どもに見せておきたいと思って、学校に息子を迎えに行きました。夏休みで、中学校で卓球をやっていたのですが、わたしが「アポロの着水を見てからまたやればいいじゃないか」といったら、「試合があるのに、いま練習しないと選手になれない。後片づけや、掃除もやらなければいけない」というのです。

わたしは深く反省しました。選手になりたいと純粋に考えている様子のすがすがしさに比べて、アポロの着水を見せておきたいという親心は、浅はかだったなと、思いながら帰る道に残念さはありませんでした。これはほんの一例だけれど、こういうことはたくさんあると思います。

親と子の関係は、そのようなことの連続なのではないでしょうか。

子どもに本をすすめるのはなぜか？

子どもに「本を読みなさい」とストレートにいってしまうと、逆に本嫌いになってしまうかもしれないから難しいのですが、子どもの頃、本を好きになっておかないと、おとなになってからでは大変です。本を読むのは、読むスピードとの関係も大切で、目が文字を追う動作なので、これは運動神経だという気がします。

わたしのそばには子どもの頃から本があったので、本を読むくせがついていて、いまも本がないと落ちつきません。

小学生のとき、本を読むのが好きになりました。まずはじめは、内容というより、ただただ「本を読む」という行為がおもしろかったのです。どういうことかというと、目と指が、目と文字が合っていくという感じです。書いてある文字が「りんご」なら、「り、ん、ご」と目と指でたどって、「りんごだ！」と思う。「り」と「ん」と「ご」だけが書いてあってもわからないのに、ある日、それが一緒だと「りんご」と書いてある！と、気づいて、うれしくなる、というようなことです。これは、わたしの孫を見ていても、そうだったなあ、という経験があります。

当時、雑誌（「少年倶楽部」）一冊、五十銭でした。すみからすみまで、本の終わりに載っている懸賞の当選者まで、全部読みました。

家の近くにキリスト教会があって、牧師さんの家に行って、「ごめんください、本を貸してください」といえば、「はい」と貸してくれました。庭を通ると部屋があって、そこにねそべって本を読むのは、とてもいい時間でした。

うちが宿屋だったので、お客さんの置いていく雑誌や本があれば、しめた！と思って読んでいました。難しいものでも、意味のわからない所でも、とにかく読むのがたのしかった。読んでいてわからない言葉もあるのですが、不思議なことに、何となくわかっている気になりました。

よくいわれることですが、本を介して、作者と、時代も世界もこえた会話ができます。また、マーク・トウェインとか、アンデルセンなどといっただけで、まったく知らない人の間で話が通じることがあります。話をするために本を読むわけではありませんが、本を介して、同じ本を読んでいる人同士、共通の立ち場ができます。この、人と同じ感慨を持つことができる、共通の理解ができる、共通の言葉がある、というような「共通の感覚（センス）」に出会えたとき、どんなにうれしいことでしょう。

子どものために、おとなが本を選ぶと、どこかほろっとするような、美談調の本を選びがちです。でも、できれば子どもたちには、美談でない本と出会ってほしいと思っています。なぜ美談を逃れた方がいいかというと、美談はほとんど嘘だからです。ほんとうのことが書いてある本がいいと思います。

子どもはおとなのことをよくわかっていて、作文を書くときなども、先生に「君は立派だな」などとほめてもらおうと思うので、美談を書いてしまうことがあります。

普通のことを書けばいいのに、美談でないと話にならないと思ってしまうことがあるのです。一度、美談でほめてもらったりすれば、ほめてもらうこつがわかってきて、しまいには、友だちを犠牲にしはじめたり、○○くんは間違っていると思う、などといいはじめたりします。だから美談は嫌いです。

宮沢賢治の『よだかの星』や、有島武郎の『碁石《ごいし》を呑《の》んだ八《や》っちゃん』、吉野源三郎の『君たちはどう生きるか』、モンゴメリの『赤毛のアン』などは、美談ではなく、作られた感じのしない作品です。これらの本は、小学生でも大学生でも、それぞれに理解できると思います。

2 学ぶことについて「考える」

「勉強」は、学校で教わるものか？

「勉強」は、「自分でやること」が大事だと思います。

「勉強」の基本は「独学」です。

義務教育の時代はしかたがないこともありますが、課題を出されてそれをこなしているのは、「与えられたもの」をやっていることになります。与えられたものだけでなく、自分がおもしろいと思って、のめりこんでいくのが、ほんとうの「勉強」だと思います。

勉強というものの中に、「すぐに、何かの役に立つからやる」というものは、ひとつもありません。どこかに弟子入りして、そこの親方から技術を学ぶのとは違い、学校の勉強は、いますぐに役に立つことは少ないのです。

ところが残念なことに、試験で良い成績を取ることが、中学校や高校の学校教育の目的になってしまっていて、それが先生の評価につながっています。

大学が一番大事、と思っている人がいますが、大学は通過点です。このことを多くの人に知らせたいです。

よく、あの人は理系の人、あの人は文系の人、とわけることがありますが、あまり意味があるとは思えません。大学で文学部に行ったものみんなが、文学者になったら大変です。

文学部に行った、理工学部に行った、というのは、手がかりのひとつになります。学校で勉強したことが、その後の仕事に直接に結びつくわけではないけれど、進むべき道の手がかりにはなる。勉強したことが、直接、役には立たないけれど、姿を変えて、違うものとして、役に立っているに違いないと思うのです。

大学や専門学校の中には、デザイナーになる学校や、俳優になる学校、編集者になる学校などというものがあって、子どもの夢を束にしたような学校もあります。しかし、そこを卒業したからといって、デザイナーや編集者になれると、学校側が約束することはできません。

学校というところにあまり期待してはいけない。わたしの知っている子に、先生が自分のめんどうをみてくれないので、とうとう転校した子があります。そんなことしなくてもいいのにと思いました。

学校では「先生に教えてもらう」ということと、「自分で学ぶ」ということがあります。

ホントウノコトヲイウト、「自分で学ばなければ、何にもならない」のです。

そういう話をすると、大学の先生から、「ぜひ、そのことを学生にいってもらいたい」といわれます。学校へは、自分のやりたいことを見つけるために行くのです。

勉強は「独学」といいましたが、学校には行った方がいいと思います。学校は、生涯の友だちを作ることができる場所です。

小学生くらいの頃の友だちだと、良いことも悪いことも、お互いに知っているし、友だちの秘密を知っていても、人につげ口しないで、大きくなっていきます。それはその後ではなかなかないことです。わたしにも、何でも打ちあけられて、何でも話せる間柄になって、大きくなっていった友だちがいます。小さい頃だから、そんな友だちができるのだと思います。そして、おとなになった後も、いいづらいことをいい合ったりすることができます。おとなになってからの友だちとは、なかなか秘密をかたり合えないものなのです。

「数学」は、早く問題を解くことが大切か？

『はじめてであう　すうがくの絵本』*という絵本を出したときのことです。これが数学の本？　と驚く人が少なくありませんでした。

無理もありません。ブタやカラスの出てくる、そんな数学の本は、それまでなかったからです。

わたしは、もともと「すうがくの絵本」を作ろうと思っていたわけではありませんでした。数学だけでなく、ほかの学科全般に共通する考えかたに、慣れてもらいたいと思って作ったのです。ですから、こんな絵本を「すうがく」といっていいかどうか、じつはわたし自身も心配だったので、数学者の遠山啓《とおやまひらく》*先生のところへうかがいました。

『はじめてであう すうがくの絵本 2』「くらべてかんがえる」より

遠山先生は、水道方式*を首唱し、数学教育に一石を投じました。しかし、当時の文部省の方針には合わず、作った教科書が教科書検定に落ちて、「数学はこうなんだ」と文部省とわたりあった方です。

遠山先生は、はじめ東大の数学科に受かって通うのですが、数学の先生が気にいらなくて、先生と合わないからと辞めてしまいます。それで大学に行かないで、勉強は自分でする、といって、四年間くらいバルザックかなんか読んで過ごして、やっぱり大学で数学をやった方がいいかな、と東北大の数学科に入りなおしたような人でした。いまどき、こんな人がいるでしょうか。

その遠山先生が「順序だててものを考えるのが数学です。だから、これは数学の本といっていいです」といってくださいました。

数学は「ものを順序だてて、考えるための勉強」です。

たとえばスーパーの店員になったとき、計算ができないと困るからという理由で、数学を学ぶのではありません。

孫が小学校四年生のとき、勉強しなくちゃならないというので、一緒にやることになりました。計算問題が十くらいあって、それには、大括弧、中括弧、小括弧が入り混じっているのです。□＋○＝△△　などという簡単なものではなくて、どの数字の横にもxが入っていたりするような複雑怪奇で、厄介なものです。有名な数学の指導会に行っていた孫はどんどんやっている（子どもの頃の頭はなんと柔軟なのでしょう）。それで、「おじいちゃん、そこが間違ってるよ」などと、余裕まである。計算の反復練習なんです。でも、それを数学といっていいのかどうなのか？

わたしは、じーっと考えていくのが数学だと思うのです。ところが、一般的には計算ができることが数学だと思われているようです。

『はじめてであう　すうがくの絵本』の中の「くらべてかんがえる」では、「どこが違うか」を考えるのですが、それは一方で「どこが同じか」を考えることでもある、というあたりまえのことに、改めて気づかせてくれます。数学の問題は、ほとんどといってよいほど、この「比べて考える」ことを基本としています。子どもが苦手としている高学年の文章題でも、「比べて考えるのだ」と思えば、気が楽になります。ふたつのものの「共通点」が問題を解くカギになっていることが多いものです。

【簡単な練習問題】　この問題を考えてみましょう。

①5リットルと3リットルのマスで、7リットルの水をくんできなさい。

②1升マス（10合）で、5合の米を量るのにはどうすればよいでしょうか。

③ある時計に金の鎖をつけると、15500円となり、銀の鎖をつけると、13900円となります。金と銀の鎖をおのおのひとつずつ、合計2つ買うと、5400円です。この時計の値段はいくらですか。

『はじめてであう　すうがくの絵本』の中には、難しいものや、見かたによっては別の解答が出てくる場合もあります。たくさんのヒントを与えて子どもを解答に導いたときは、ひとつの知識を与えたにすぎませんが、子ども自身が自力で答えを得たときは、たとえそれが間違っていたとしても、「考えかたの手順や、発見の喜び」を教えたことになるのです。感動とともに身についたものは、子どもはずっと忘れることはないでしょう。

＊『はじめてであう　すうがくの絵本』…全三巻。「くらべてかんがえる」「まよいみち」など、十三の話を収録。（福音館書店）

＊遠山啓…一九〇九〜一九七九。数学者。日本の数学教育の改良に力を注ぎ、教育現場に大きな影響を与えた。子どものための数学の本など、著書多数。

＊水道方式…遠山啓が提唱した、数学の考えかた。筆算を中心とし、数を量として把握させる。

自分の力で見つけることは、たのしいこと

『もりのえほん』＊というわたしの絵本があります。これも文字のない絵本で、ページをめくると、森の絵が描いてあって、木の葉や、木の枝、草むらの間に隠れた、たくさんの動物が見えてきます。

子どもがこの絵本を見ていると、そばにいるおとなは、子どもが、森に隠れた動物を見つけるのを待っていられなくて、何が隠れているのか、おとなが一生懸命教えよ

『もりのえほん』より

うとする場面を見かけることがあります。何がいるのか、自分で見つける所に喜びがある本なのに、それを教えてしまっては、子どもの発見の喜びをうばっている、ということに気がついていないのです。

ところが、「ほら、いるでしょ、モーとか鳴くのが」などと、動物の鳴き声までしてヒントを与えたりします。しまいには、「ほら、本をさかさまにしてみたら?」とか何とかいったりして、これは残念なことです。教わるのと、自分で見つけるのとの違いは、月とすっぽんほどの違いです。自分でものを見つけた喜びというのは、その子にとって、とても大きな喜びなのです。

話が飛躍しますが、「太陽が動くのではない、地球が回っているのだ」と思いついたコペルニクスは、ほんとうに死ぬほど感動したはずです。

自分の力で発見し、何かを新しく知ったときは、必ず何らかの驚きがあるものです。

＊『もりのえほん』…月刊絵本「こどものとも」一九七七年十月号。のち、単行本化。(福音館書店)

クイズとパズルの違い

知っていることの中から答えを見つけるのが、クイズです。だから、そもそも知らなかったら、手も足も出ません。

それと違って、答えをまったく知らなくても、その問題を考えていれば、答えが導きだせるのがパズルです。これは、頑張ってやっていれば、いつかは何とかなるものです。

【問題】12個の玉があります。見かけは同じだけれども、1個だけ（軽いのか重いのかはわかりません）、重さの違う玉があります。天秤《てんびん》ばかりを使うのは、3回までとして、その1個を見つけなさい。

こういうのがパズルです。これはよくできた問題です。お手あげになる場合もあるけれど、それでも考えつづけることができるものです。

わたしは、パズルのような勉強がいいと思っています。ただ記憶していることを答えるのと、その場で考えて答えを出すのとの違いは大きいと思います。その場で、そのことをひとつ、ひとつ、自分の頭の中で考えて、解いていくということがおもしろいのです。

クイズの研究に憂き身をやつす人がいますが、何のためにそのようなことをするのか、よくわかりません。学校で各県の県庁所在地を暗記してこい、という宿題が出ることがありますが、見たこともない町を覚えなければならない、というのは、わたしは苦手です。

記憶力を競いあうような、クイズ大会や、試験があって、円周率を十万桁覚えているような世界チャンピオンがいます。以前、何百桁も覚えている人に会ったことがあります。仰天しました。そのときはいわなかったけれど、むなしいなあと思ってしまいました。覚えてどうするのだろう、およそ何にもならないのにと思ってしまったのです（直接役に立たなくても優れた学問はありますが）。

覚えることが悪いといっているのではありません。たとえば、学校の先生が受けもちの子どもの名前を覚えるというのは、ひとりひとりの子どもを識別するということです。名前を知っていることで、次第に気持ちが通じていくという意味があります。

動物生態学者の今西錦司《いまにしきんじ》*先生は、蒙古の人はヤギにも名前をつけていて、それぞれが見わけられるということに眼を開かれ、自分でもそのようにしたいという話をされていました。そしてヤギを個体識別することに成功し、個々のヤギの行動を注意深く調べることができるようになりました。

クイズとパズルのおもしろさは、質が全然違うので、比べようがありません。クイズでわからなかった答えは、調べればわかることです。覚えること、答えをいえることがおもしろいなら別だけれど、記憶の蓄積をしていって、その次に何かにつながるでしょうか。

パズルの答えは調べてもわかりません。どうやって調べるかもわからないのです。では、その問題が解けている人に答えを聞いてしまったら……。おもしろさがなくなってしまいます。「自分で発見する喜び」がなくなってしまうのです。

「知る」ことと「わかる」ことは違うのですが、「知っている」ことが何か有意義なことのように、子どももおとなも思いこんでいるように思います。質問にポンポン答えていく子は評価されて、「待てよ、こうも考えられるな」と、迷うようなのはだめな子と見られてしまうことがあります。人間を計る尺度が、「ものを知っているかどうか」に置かれていて、自分でじっくり考えていて、すぐに答えることができないような子はだめだと思われる場合があるのは問題だと思っています。

「考えることは好きだったけれど、試験の成績でも、運動競技でもパッとせず、先生からも同級生からも、学校じゅうのビリッコと思われていた」と、ウィンストン・チャーチル（かのイギリス首相）も自分でいっています。

学校でやる試験は、あとで処理しやすいよう、点がつけやすいようにできているので、記憶力が必要な問題であっても、それはしかたがないと思います。けれども、そんなのは試験かな、ものすごいパズルを二十とおりくらいやって入学するような試験をしたらいいのにな、と思ったこともあります。

ところが、実際にそういう傾向が出てきたようで、新聞記事*になっていました。知っていることや、覚えていることを問うのではなく、どの程度考える力があるのかを問うような試験に変えようというのです。この方法は理想ですが、採点が極度に難しくなります。いろいろと入試制度が試みられてはいますが、たびたび制度は変えないい方がいいと思っています。今日以後、もう変えないというのであれば、わたしはこの方法に賛成です。そうでないと、試験勉強に対応してきた子どもたちの年月がむだになってしまいます。

＊今西錦司…一九〇二～一九九二。動物生態学者、人類学者、登山家。日本の霊長類研究の創始者として活躍。

＊新聞記事…二〇一七年十二月五日付の朝日新聞「脱・暗記　考える大学入試」

「図画工作」で伝えたかったこと

彫刻家の佐藤忠良さんと一緒に、『子どもの美術』*という教科書を作ったことがありますが、その本の中にこんな言葉を載せました。

この本を読む人へ
図画工作の時間は、じょうずに絵をかいたり、ものを作ったりするのが、めあてではありません。
じょうずにかこうとするよりも、見たり考えたりしたことを、自分で感じたとおりに、かいたり作ったりすることが大切です。

しんけんに、絵をかき、ものを作り続けていると、じょうずになるだけでなく、人としての感じ方も、育ちます。

このくり返しのなかで、自然の大きさがわかり、どんな人にならなければならないかが、わかってきます。

これが、めあてです。


絵は、自由です。わたしは教師をしていた頃、絵を点数で評価することにずっと違和感がありました。普通は対象物を、写実的に、じょうずに似せて描かないと点数はもらえないのですが、絵というのはそれぞれに好みがまったく違いますから、別にそっくりに描く必要はないのです。そもそも点数のつけようのないものなのです。

佐藤忠良さんが『若き芸術家たちへ』*という本で、「一流のものを見せて、一流の音を聞かせる。それを繰り返していくうちに、彼ら自身の物差しができる。自分の目で触れて、体で触れて、物差しを作っていくことがとても大切」といっていましたが、わたしもそう思います。

『子どもの美術』を作った頃は、子どもの作品を教科書に載せるのがはやっていたけれど、子どもの絵ばかりを載せるのはいかがなものか、ということで、デューラーや、ピカソ、ゴッホなどの作品を載せました。だから、この教科書にはすぐれた作品ばかりが載っています。

美術作品は、文化が凝縮されていると思います。絵が描かれた当時、大切に思われていたこと、当時の宗教や、生活の様子などが絵の中で、語られています。絵を見るのは、歴史の本を読むのと同じようなことかもしれません。

絵は一度見ておくと、反すうして何度もたのしめるし、絵から考えさせられることが山ほどあります。だから絵を描かぬ人でも、美術館をたずねるのはいいことだと思っています。

＊『子どもの美術』…佐藤忠良・安野光雅が中心となって編集した図画工作の教科書。一九八〇年代に現代美術社から出版された。本文中の言葉は『子どもの美術 下』（一九八六年発行版）より引用。

＊『若き芸術家たちへ ―ねがいは「普通」』…佐藤忠良 安野光雅 著（中公文庫）

自然から「学ぶ」こと

日本の自然は季節によって、さまざまに姿を変えます。自然を見つめたとき、自然はすべてのいきものが持っている生命力を、感動的にわたしたちに伝えてくれます。

あるとき、松本市の奥の田舎で、山村留学をしているという、五、六年生の子どもに会いました。道草をしながら、ほんとうにたのしそうに歩いていて、わたしの早合点かもしれませんが、都会の子に比べて、いきいきとしているように思えました。

実際に触れて知る、というのは、映像などで見て知っている、というのとは違うと思います。テレビのドキュメンタリー番組で、田舎の映像がうつって、だれかが「空気がきれいですねえ、田舎はいいですねえ」といっているのを見るのと、実際に自然の中を歩いて、花が咲いているのを見、鳥が歌っているのを聞き、雨が地面にしみこんでいく様子を見たり、森の中のにおいをかいだり、というような、直接自分の体で触れて知るような体験とでは、感じかたが大きく違ってくると思います。

子どもが野性的でなくなっていると聞きますが、鳥や、虫や、牛や馬たちとじかに接することで、はじめはそういったものが苦手でも、次第に慣れていくのだと思います。

すべてほんものに触れる、というのがいい。どちらかというと、自然に「触れる」という具合ではなくて、自然と「一緒にいる」といういいかたの方がふさわしいのかもしれません。

わたしは絵描きなので、スケッチをしにあちこち旅をしてきました。もちろん、写真を見て描くことはできますが、その場に行き、そこに立っている木に、何を感じて描くかによって、絵が違ったものになると思っています。

勉強はインターレスト

わたしがフランスに行った際に出会った、シュベックという学生がいます。日本で偶然出会った、民俗学者のプルネルさんという人が、「〇日に、アンヴァリッドの塔の下に立っていたら、十二時きっかりに、シュベックという学生がやってくるから、パリを案内してもらいなさい」と手配してくれたのです。

シュベックは、ウィーンから勉強しに来ていた学生でした。わたしの下手くそな英語でも、何とか意志疎通ができました。

いろいろ案内してもらって、「勉強の時間だから、そろそろ帰らなきゃいけない」というので、「勉強はインポータント（大切）だから、行きなさい」と別れたところ、しばらく行って、シュベックが戻ってきて、「勉強はインポータント（大切）ではなくて、インターレスト（おもしろい）なんだ」とわたしにいいました。わたしはすぐに、「ああ、そうか。はずかしいことをいったな」と思いました。そして、「ああ、勉強はインターレストなんだ」と深く思ったのです。

フランスにやってきた日本の男を案内することも、勉強をサボって来たわけではなくて、自分で考え、おもしろいと思ったから来たのです。「学ぶ」ことは、おもしろいことなのです。わたしはそのことを、彼から学びました。

学問は、本来おもしろいからやれるのです。詰めこみ式の試験のためにだけやるのだったら、おもしろくないのです。学校がおもしろくないとしたら、「試験」のための授業をするからだと思います。この「試験」という、逃れられぬものに対処する、良い方法があればいいのにと思います。

3 「自分で考える」ためのヒント

自分で考えなくなっていること

この頃の天気予報は、「雨になるおそれがあるので、傘を持ってお出かけになる方がいいでしょう」などと、天気予報以外のこともいいます。

天気予報は雨、晴れの情報だけでいいのに、「服を一枚持って出かけましょう」といったりします。サービスのつもりでいっているのだと思いますが、これは、ほんとうは自分で考えることです。

予報士に最後にいわれた、「一枚多めに着ていきましょう」という言葉がテレビを見ている人の頭に残って、そのとおりにしたら「暑かった」なんていうことがあると、文句をいったりします。でも、一枚余計に着ていこうといくまいと、それはこちらの責任です。そもそも「予報」なんですから、ほんとうのことはわからない、という大前提があります。テレビを見ても、聞いても、自分で考えるという姿勢が大切です。

腰が痛いときはこういう運動をしたらいい、健康にはこんな食べものがいいらしい、という人がいるので、「どうして？」と聞くと、よく「テレビでそういっていた」「人がこういっていた」などと疑いもせずに答えることがあります。ただ何となく、だれかがいっていたからいい、と思ってしまう。テレビや新聞でいっていることをそのまま受けとり、自分で考えていないことは、日常的によくあることです。

ほかにも「考えなくてもすむようになっていること」に、どんなことがあるのか、ぜひ、考えてみてほしいと思っています。

「おぼれる者は藁《わら》をもつかむ」というのは、じつにいいことわざだと思っています。このことわざは、役に立たないものでも、困っているときはすがってしまうという意味がありますが、世の中のほとんどのものごとが、このことわざにあてはまります。

ものを売りつけようとする人は、この気持ちを利用しています。つまり、藁を売れば元手がかからず、もうかるので、藁を売りたい。そして、藁を買ってもらうためには、まず、おぼれさせなくちゃいけない。そして、つかんだ人は、それを藁とは思っていない。これは、振りかえってみると、とてもよくあることです。

たとえば、「若見え」という言葉をわたしは疑っています。

「このクリームで十歳、若く見えます」というようなコマーシャルがあります。「若く見えてどうするんだろう、年齢相応の美しさを目標にすればいいのに」と思いますが、まず「若く見える方がいい」と思わせて、消費者をおぼれさせ、藁をつかみたい気持ちにさせています。わたしたちはそれに気がついていません。

小じわをのばすクリームや、やせる薬など、そんなに早く効いたらこわくないだろうか？　と思うほど、みるみるうちに効くというのですから、わたしは警戒します。実際に、美白効果とうたって、白いまだらができた事件がありました。

コマーシャルの短い時間の中でいいたいことをたくさんいおうとすると、そうなりやすいのか、棒グラフなどの統計グラフを持ちだして、説得しようとしている場面は、わたしにはかえって安易に見えます。グラフには科学的な装いがありますので、ますます信用できません。グラフは科学の所産ですが、それをよく見て内容を納得するためには時間がかかります。ところが、コマーシャルのグラフはすぐに消えてしまいます。

わたしは、よく「長生きの秘訣は何ですか」とたずねられますが、特に食事に気を遣っているわけでも、健康に良いといわれることをやっているわけでもなく、好きなようにやってこの年になっているので、健康食品や、健康グッズなども、わたしは疑っています。

何となく、だれかから聞いた情報をうのみにしていないか、そう思うことが大切なことであるように誘導されてしまっていないかどうか、改めて考えてみてほしいと思います。

何もかも疑う

わたしは、何もかも疑います。子どもの頃から疑っていました。神さまが罰を与えるとか、血液型でその人の性格がわかるとか、手相で運命をいいあてるとか。わたしたちが一番知りたい明日のことや、一寸先の闇について、想像することはできても、それを科学的に説明することはできないと思い、それを知る超能力のある人の存在を疑いました。

戦時中、「写真週報」という一種の雑誌に載っていたと、先生が話してくれたことで、いまも覚えていますが、ピラミッドの中に道がついていて、それは謎の地点でへこんでいたり、曲がっていたり、変化しながら前に進んでいるというのです。その変化のタイミングは、なんと、世界史を予言するかのように、史的大事件の起きる時期とピタリあてはまるというのです。そして、太平洋戦争にあてはめて、最後の事件が起こったところから、次に変化するところまでを測ってみると、あと四年でこの戦争（太平洋戦争）は終わるというのでした。

わたしは信じなかったけれど、この戦争があと四年で終わる、という話は人を信じさせる魔力がありました。「待望」と「予言」がひとつになったとき、人々は理性を失って、何かにすがるように流言を信じようとしたのです。

のちにピラミッドの中に入ったことがありますが、入り口から王の墓までは直線で、曲がってはいませんでした。

「よって、件《くだん》の如し」という成句を知っている人は少なくなりました。「件」とは、漢字の形のとおり、顔が人間で、体が牛の姿をした怪物のことで、その怪物が生まれると、一回だけ予言をするといわれていました。

戦争の末期には、その不思議な牛が、岡山県のどこかで生まれ、人間の声で、「戦争はあと四年で終わる」といい残して死んだのだそうな、という流言を信じた人がありました。これも、戦争が終わってほしいという「待望」が「理性」を失わせたのです。

いまとなっては、「我思う、ゆえに我あり」といった、フランスの哲学者デカルト（一五九六〜一六五〇）の『方法序説』*の受け売りのようになってしまいましたが、わたしは何でも疑う子どもでした（おいなりさんのキツネの前に油揚げを置くと、キツネが食べてなくなる、などと聞いても、キツネなんかいないのに、と思っていました）。

わたしはむかし、『方法序説』を落合太郎の訳で読みましたが、これほど、わたしの心を動かした本もありませんでした。

つまりこのフリコは、だれもさわらないのに一回《いつかい》まわったことになるではありませんか。これはふしぎです。やはり地《じ》めんが動《うご》いていることにはならないでしょうか。

『天動説の絵本 — てんがうごいていたころのはなし』より

わたしたちは、どんなに目《め》を皿《さら》のようにしても、地球《ちきゅう》の動《うご》くのをみることはできません。

ところが、長《なが》い長《なが》い糸《いと》の先《さき》に、とても重《おも》いおもりをつけた大《おお》きなフリコをつくった学者《がくしゃ》がいたのです。

このフリコを、大《おお》きくゆらしてみていました。

するとどうでしょう。そのフリコは、目《め》にみえないほどすこしずつむきをかえました。そして、夜《よ》があけてみたらずいぶん方向《ほうこう》をかえ、長《なが》い時間《じかん》がかかりましたが、とうとう一《ひと》まわりしてもとどおりになりました。

デカルトは本という本を読みました。歴史や科学や数学はもちろん、天文学や占星術の本まで読み、その結果、「我思う、ゆえに我あり」という考えに行きつきます。デカルトは「すべてのものを一応疑う。確実だと思うものに出会うまで、すべてのものを疑う。疑って疑って、信じない。しかし〝疑う自分がいる〟ということだけはほんとうだ、というほかなかった」、という出発点に立ちました。

「我思う、ゆえに我あり」といったデカルトではないけれど、少なくとも、一度は疑ってみることとです。そしてそれは、「自分で考える」ということにつながっていきます。まずは、夕食の支度も、着るものも、傘を持っていくかどうかということも、みんな自分で考えたらいいと思っています。

＊『方法序説』…デカルト著。現在は、谷川多佳子訳で、岩波文庫に入っている。すべての人が真理を見いだす方法を求めた哲学の本。思想の独立宣言といわれている。

「自分の考え」を持つ

人の意見にまどわされないようにするためには、どんなことにも、心が動かされない頑丈な地点に立って、つまり人がどうあろうと、自分はあわてない、という堂々とした考えかたが必要になります。

テレビでこういっていた、新聞にこう書いてあった、などと、自分の意見はなく、ただただ人のいうことを本気にするだけというのは良くないと思います。

「自分で考える」ことは、前向きの姿勢の第一歩です。自分でやろうという気持ちが大事だと、わたしは思っています。

以前、あるサイン会でこんなことがありました。

絵を描いている人から、小さい声で「どんな鉛筆を使っているんですか。紙は何ですか?」と聞かれました。そのときわたしは「いくらでも教えるけれども、わたしに聞かないほうがいいのにな、自分で見つけた方が勉強になるのになあ」と思いました。

自分の考えで責任を持ってものごとに取りくめば、たとえ失敗したり、間違ったりしたとしても、改めることができます。ところが、最近は、親が○○学校へ行くのがいいといったからとか、○○試験を受けたらいいといったからなど、自分で考えればいいのに、と思うことまで人任せで、自分で選ぶ力がなくなっているような気がします。

自分で考え、判断することの中から、これはほんとう、これは嘘、とものごとを見極めていけるようになりたいと思うのです。「学問」とは、何がほんとうか、何が嘘かを判断していく、そのためにあるのだともいえます。

「自分の考え」がなくなってきている、ということは困ったことで、「自分の考え」がないと、無責任になってしまいます。人の意見に振りまわされたり、まどわされたりして過ごすようでは、おもしろくない生きかたになってしまいます。

自分の大きさを知る

人間は何でもできる、と思っているけれど、昆虫や動物、植物など、自然のものは作れません。動物行動学者の日高敏隆*さんが、「自然はよくできている。たとえば、鼻でものをつかむゾウなんて、人は考えられなかっただろう」といっていました。自然にはかないません。でも、自然にかなわない、と思うためには、自然を知らなければなりません。

霊長類学者の河合雅雄さんの本で読んだのですが、キョクアジサシは、最も長い距離を移動するといわれる渡り鳥で、だれに教えられたわけでもないのに、白夜になる場所を知っていて、北極と南極の間を行ったり来たりするそうです。ほ乳類の赤ちゃんも、だれかに教えられたわけではないのに、おっぱいを飲みます。生まれてすぐに、大きくなろうと一生懸命です。

そのような自然の姿には、頭がさがります。絵描きなんかよりも、はるかに自然はすごいものです。申しあわせたわけでもなく、本能的（遺伝子的）にそうなっている、そのことに感動します。

以前、国語の教科書を作ることになって、「水」について取りあげたほうがいいだろう、ということになりました。わたしは絵を担当していたのですが、水について書かれた文章を読むと、「水がないと生きていけない」などと、ただ水を賛美するような内容で、おもしろくない。水というのは、水害だったり、津波となって押しよせたりというように、人間にとってはおそろしいほどの、ものすごいエネルギーを持つ側面がある。水の持つ本質を書かないで、ありきたりなことを書いても意味がないと思いました。自然の水が持つ力はすごいもので、人間がかなうものではありません。

自然の中で生きていることを知り、その自然に心を動かされた経験が積みかさなって、自然に対する畏敬と、「美しい」と思う感性が育てられていくのだと思います。あるとき、津和野の美術館*建設にかかわった大工さんに「木の年輪って、なんてきれいなんだろう」と話したら、「それは自然が百年かかって描いたんですから」といっていました。

わたしたち人間も自然の中のいきもので、人間も死にます。そのことがわかると、ただ長生きすればいいというものではない、ということもわかります。そして、自然というものを畏敬の念を持って見ると、我々人間などは、取るにたらないものだと悟ることができます。自然を知ることで、自分の大きさもわかってきます。

「自然」とはどのようなものかを知ろうとした日高さんは、そんなことを哲学者より、わかっていたと思います。

＊日高敏隆…一九三〇～二〇〇九。動物行動学者。動物の行動がどういうきっかけで起きるのか、その行動はどういう意味を持っているのか等を研究。動物の行動や、自身の自然との関わりを書いた著書が多い。

＊津和野の美術館…安野光雅美術館。郷里の津和野にある。

その場に行き、その場で感じる

わたしは、街から街、国から国へと、ときに迷いながら旅をして、スケッチをしてきました。その場で腰をおろして絵を描いていると、その絵がうまくいかなくても、何とも心豊かな時間が過ぎていきます。そして、不思議なことに、同じ時間をかけていても、普段よりもたくさんの絵が描けます。そこに立っている木に、何を感じて描くか。そのことで絵は違ったものになるのだろうと思っています。

実際にスケッチをした場所は、写真で見た場所よりも、ずっと心に残るものです。写真を見て絵を描くことはできますが、わたしの場合、その写真に似た絵は描けても、実物を見て描いたものとはどこか違ってきます。人と会ったときがいい例で、写真で見た感じと、実際に会った感じが違うことがあるのと同じだろうと思います。

スペインを旅していたとき、ここで絵を描いたらいいかな、と思う場所がありました。でもはるばる日本から来たのだし、もっといい場所があるだろうと、先へ先へと進んでいきました。そして、「やっぱり最初に出会ったあの景色がいいな」と戻ってみたのですが、動かないはずの風景が、変わっているのです。せっかく描きに戻ったのに……と思いましたが、風景だからいつも同じものがそこにある、というほうが間違いなのでした。そもそも、太陽や雲の位置が違いますし、船も同じ位置にいるわけではありませんし、天候も変われば、何より自分の気持ちも変わるので、その場所に戻ってみても、最初に出会った景色ではなくなっているわけです。よくわたしが、

「スケッチをするのは、景色とのお見合いだ」というと、みんな笑いますが、冗談ばかりではありません。

スケッチをするために旅をして、道に迷ったり、宿が見つからなかったり、山の中の霧でおそろしい目にあったり、旅の苦労話はつきませんが、それでもやはり、その場に行って、スケッチするのはたのしいことです。

デカルトは、あらゆる本を読みつくしたあと、旅に出ました。実際に世の中に入って、世間と交わって、さまざまなことを学びとっていこうとしたのです。偶然かどうかわかりませんが、建築家の安藤忠雄さんもたくさんの本を読みおえ、旅に出ています。そして、「自分でいろいろなことをつかみとっていく。そして実際のものから勉強をする。それが学びである」といっていました。

わたしは本を読むことをすすめていますが、できるのであれば、本を読むのと同時に、旅に出るといいと思っています。物見遊山もいいけれど、本が語っている「ほんものの様子」を、実際に見にいったらいいと思うのです。

『旅の絵本』より

「ほんもの」を見る

わたしも、ほんものを見てよかったなと思ったことがあります。

ヒエロニムス・ボスは、オランダ出身の画家で、ピーテル・ブリューゲルはボスの影響を受けたといわれています（影響を受ける、といういいかたは嫌いですが）。ボスの絵がどうしても見たくなり、スペインまで行きました。

ボスの絵はそんなにたくさんは残っていませんが、三連の祭壇画があって（「快楽の園」プラド美術館蔵）、それがすごくおもしろい。現代の作家もあのような絵を描けばいいのに、と思うほどです。

魚に足がはえていたり、魚の口から人の足が出ていたり。デッサン的にはおかしいものもあるのですが、それがおもしろくて、見にいってよかったと思いました。

ボスのような細かいところまで描いた絵は、むしろ画集の方が、細部までよく見えるではないかといわれるけれど、ほんものの絵を見ると、どうやって描いたんだろうと思うほど、その丁寧な、描く過程の積みかさねのようなところが見えてきたり、画集ではわからない雰囲気が、直接伝わってきたりします。

難しいいいかたになるけれど、物理的に見えている、目があいてさえいれば見える、というようなことではなくて、物理的に見えていないものを見ることもできるような気がします。

そもそも、絵の大きさが違います。どんなに画集が大きいものであったとしても、ほんものの大きさとは違います。天眼鏡で見たら同じ大きさに見えるかもしれないけれど、全然違うものです。


もちろん、ほんものの絵でも、ちょっと見ただけでは「きれいな色の絵だな」というくらいにしか見えないかもしれません。けれども、もっとよく見ると、目に見えるものだけでなく、絵で描かれている人の気持ちや、やりとりの様子や、いろいろな話題が想像できます。そして、さらに絵を描いた人、画家の気持ちも想像できるのです。もちろん想像の域を出ませんが、わたしは絵を見るとき、いつもそんなことを考えています。

ひとりのすすめ

いまの絵描きは、ほとんどの場合、ひとりで働きます（エル・グレコや、ベラスケスたちの時代は弟子が一緒に描いていたので、ひとりの仕事ではありませんでしたが）。「雲中一雁《うんちゅういちがん》」という好きな言葉があります。雁は群れで飛んでいますが、群れに遅れたのか、はぐれたのか、一羽で飛んでいく雁がいることがあるようです。絵描きのわたしも同じようなものです。泣きもせず、笑いもせず、だれもいなくてもいいのです。

旅はひとりがいい。なぜひとりがいいかというと、ひとりは自由で、だれかに遠慮することがありません。大勢で行くと、その人たちの意見を尊重しようと、気を遣ってしまいます。けれど、ひとりでいるときは、どこに行こうかと考えたり、次に何をしようかと思ったりして、ひとりで計画を立て、考えを整理することができます。

わたしは、ひとりでいるからといって、さみしいとは思いません。かつてよく売れた『ひとり旅の楽しみ』*という本があります。ひまな人はこの本を読んでみてください。

最近はひとりでいることに慣れていない人が多いように感じます。「ひとりがいい」と思えるようになったら、いろいろな場面で、こわいものはなくなるのではないでしょうか。

たとえば、いじめられっ子の問題があります。学校は行ったほうがいい、みんなの中に混じっていることによって身につくこともある、と思っていますが、ひどくいじめられて、つらいのだったら、学校に行かなくてもいい、とわたしは思います（小説ですが、〝赤毛のアン〟もいじめられて学校へ行くのをやめます）。そして、みんなと離れ、ひとりでいる、という考えかたがあっていいと思います。仲間に入らなくてもいい、自分ひとりでいい、と思えたら安心できるかもしれません（もっとも赤毛のアンは、学校に帰るチャンスがあるのですが……）。

お酒を飲むような宴会なんかで、みんなでわいわいやっているとき、わたしはお酒が飲めないので、いつ帰ろうか、いつ帰ろうか、いまがチャンスだな、などと思いながら、頃あいを見はからって、ひとりで先に帰っていました。

あとで、あいつ、ひとり、帰ったな、といわれても平気だし、酒も飲まないで何だよ、といわれても平気です。ひとりでもいいや、みんなと一緒じゃなくてもいいやと思う気持ちがあれば、あまりおそろしいものはありません。

わたしは子どもの頃からひとりでもいいと思っていました。

年を取って、絵を描くのをやめたら、何をしているのかなあと考えたことがあります（といっていて、もう年を取ってしまいました）が、やっぱり、頭に浮かんでくるのは、ひとりで絵を描いている姿なのです。

＊『ひとり旅の楽しみ』…一九七六年発行。旅を通じて文化を洞察するエッセイ。高坂知英 著（中公新書）

本を読む

子どもたちに、本を読んでもらいたい、と先に書きましたが、どのような年代の人でも、本を読んでもらいたいと思っています。本を読まない人たちに、本を読んでもらえるよう、いろいろ書いてみたりしているのですが、これはなかなか難しいことです。

本を読むことは、心の体操だと思っています。本を読んで「心を磨き、鍛え、心が満ち足りること」は、心の中を美しくします。お化粧品を塗るより、ずっと美しくなれるのです。もっといえば「表面的に美しくならなくてもいい」ということを悟らせてくれます。

本を読まないでも、生きていけます。でも、本を読んで生きた人は、同じ十年生きていても、二十年も三十年も生きたことになります。本にもいろいろありますが、多くの本には勉強し、苦労し、発見した先人がのこしたことが書いてあります。

たとえば、「アメリカ大陸を発見するきっかけになった、コロンブスの苦労*」は岩波文庫で、たったの数百円で読めるのです。

本を書くとき、人は漠然と書くのではなく、言葉にする段階でよく考えています。それが、本をすすめる理由のひとつです。本はその著者が責任を持って、発言していると、デカルトもいっています。

本が読まれなくなったことは、文明の変化ともいえますが、わかりやすくいえば、テレビや、スマートフォンの持つ手軽なおもしろさに押されてしまったのだと思います。テレビは積極的に「おもしろさ」をわたしたちにさしだし、「おもしろがらせて」くれます。それに対して、本は、「自分で読む」ということをしなければ「おもしろさ」がわかりません。そして、こちらから積極的に働きかけなければ、何もしてくれない、という違いがあります。

テレビや映画は、受け身で見ることができます。特にテレビは、視聴者をできるだけたくさん集めようとするので、見る人があまり考えないでも楽にわかる、あるいは知ることができるように作られています。

一方、「本を読む」ということは、文字で書かれた場面や時間の経過を、自分自身でつかんでいくことになります。

もちろん、テレビや映画でも台本は「本」ですから、ディレクターや、監督など、制作者はそれがなくては仕事ができません。けれども見る方は、その「本」を制作者が調理したものを見ています。

本は、自分が行こうとしなければだれも連れていってはくれません。それと比べて、テレビはつけてしまえば、勝手に情報がやってくるので、自分でその道をたどらなくても、最後まで連れていってくれます。その意味で本とテレビとは比べて考えるものではないのかもしれません。

そもそも本は、ひとつの道を自分でたどりながら読み、内容が理解できていく、そのことがおもしろいのです。

「本を読む」ことと、「自分で考える」ことはつながっていると思います。「本を読むことは、自分の考えかたを育てること」です。とにかく、子どもたちには、自分で考えるくせをつけてほしいと思います。だれか偉い人がいっていたからとか、テレビでいっていたからとか、判断を他人に任せるようではつまらないではありませんか。でも、自分で考えるためには、日頃の訓練が必要です。頭がやわらかいうちに、たくさん本を読んで、世の中にはいろんな考えかたがあることを知りたいものです。
本を読むことは、ひとりの仕事ですから、競争にはなりません。また、表面だけきれいにするお化粧に比べて、本を読んでいることは、ほかの人にはわかりません。けれども心の中は美しくなり、ひそかに誇りを持つことができるのです。

*コロンブスの苦労…『コロンブス航海誌』『コロンブス 全航海の報告』ともに、林屋永吉 訳（岩波文庫）

あとがき

最近、「自分で考える」ということの意味が、とても深いような気がしています。将棋の棋士《きし》、藤井聡太さんを見て思ったことなのですが、将棋のさしかたなどは、勝つ方法がすでにどこかにあるのではないかと思うけれど、その一局は、過去の対戦とどこか共通点があったとしても、その対戦ごとに変化があり、違うものになるのでした。非常にクリエイティブだと思いました。まねしようと思ってもできるものではありません。常にあるものの中から選択するのではなくて、ないものから生みだしている。「自分で考える」という、その深さが違う、と思いました。うんと小さい子どもの頃からそうやっているのです。

ある分野で世界一強い人がいたとします。その人には教えるものはありません。自分で考えて、自分の力で伸びていくしかないのです。

ピカソがわけのわからない絵を描きました。その頃は、実物を美しく描くような、クラシックな絵が評価された時代だったのですが、「ゲルニカ」などの彼の絵は高く評価されました。ピカソは新しい描きかたを生みだしたのです。そしてその後は、どのような絵を描いても平気になりました。ピカソが偉いのは、その世界を拓《ひら》いた先人だからです。


わたしは、年を取っているぶんだけ、出しゃばって、「考える」ことについて発言しましたが、専門家ではないので、ためらいがありました。

たぶん、わたしの描いた絵から判断し、人とは違った考えかたをしているように見えるので、何か（わたしから聞きだして）話していると、その違いが見つかるかもしれないと思われたのか、福音館の編集部の人たちの質問は、ちょうど、取り調べの警官たちのように手ごわく、そして深く、感動的でした。むしろわたしが教わったことの方が多かったと思います。

わたしは、長くお世話になっているのだから、何でもしようと考えていましたが、まだその思いの半分くらいしかいえていないような気がします。

ひとつだけ冴えていたと、わたしが思うのは、畳の上に鏡を置いて中をのぞいて遊んだ子どもの頃の経験談です。左右が反対になるだけでなく、天地まで反対になるのですから、このほんとうらしい、嘘の世界がおもしろくないはずはありません。ひまがあったら、ぜひ試してみてほしいことです。

私立の小学校で、教員をしていたある日のこと、「先生なんか、結局、ぼくたちを教えて、月給をもらっているんじゃないか（だから、あまり怒らないで）」と子どもにいわれたことがあります。

これは、子どもが周りをよく見ている、と思えることです。子どもの前で、おとながうっかりほんとうのことをいったのを、聞き覚えていたのかもしれません。

わたしは、このようにいわれて、急に返事ができなくなりました。わたしはこの学校もやめて絵描きになりましたが、この言葉は嘘ではないから始末が悪いのです。

この返事として、「君たちを教えることによって、ぼくは（月給をもらって）働いているんだよ」というのもほんとうですが、わたしたちは、このおそろしくホンネであることを避けてきましたし、これからも避けるかもしれません。でないと、教育という、すばらしいものが、お金よりも下になってしまう気がするからです。

できれば避けないで、「世の中全体がそうなのだから、お金のことはわかっていてもいわないのが、おとなの世界のルールで、それをいわないことが〝武士の情《なさ》け〟というのだ」、といってもいわなくても、心の底で身構えておくことは、大切なことかもしれません。

戦争や政治も、みんなお金と無縁ではありません。でも、さきに述べたマザー・テレサは心をこめて人に尽くし、お金のために働いたとは思えませんけれど……。

ところで、この話の裏の理由は、わかりましたか？

教師は教えてお金をもらっているけれど、親は一文ももらわないで、子どもを育てています。先生よりも、真剣になってあたりまえなのです。

最後に、エリザベス・グレイ・ヴァイニング夫人の言葉をあげます。ヴァイニング夫人は、皇太子（現天皇陛下）の家庭教師として招聘《しようへい》され、『皇太子の窓』*という本を書きました。この本はどこもおもしろいのですが、ここでは夫人が、勤めを終えて帰国なさる前の、最後の授業で語られたことを書きたいと思います。

「私はあなた方に、いつも自分自身でものを考えるように努めてほしいと思うのです。誰が言ったにしろ、聞いたことを全部信じこまないように。新聞で読んだことをみな信じないように。調べないで人の意見に賛成しないように。自分自身で真実を見出すように努めて下さい。ある問題の半面を伝える非常に強い意見を聞いたら、もう一方の意見を聞いて、自分自身はどう思うかを決めるようにして下さい。いまの時代にはあらゆる種類の宣伝がたくさん行われています。そのあるものは真実ですが、あるものは真実ではありません。自分自身で真実を見出すことは、世界中の若い人たちが学ばなくてはならない、非常に大切なことです」
これは、わたしも同じ考えかたです。
「自分で考える」ということを、多くの人に「考えてほしい」と思っています。

＊『皇太子の窓』…E・G・ヴァイニング 著／小泉一郎 訳（文春学藝ライブラリー）

本書掲載の絵本
『ふしぎなえ』『あいうえおみせ』『さかさま』『はじめてであう すうがくの絵本 2』『もりのえほん』『天動説の絵本―てんがうごいていたころのはなし』『旅の絵本』（すべて、安野光雅／福音館書店）

ふろく

はじめての絵本『ふしぎなえ』のこと

『ふしぎなえ』ができるまで

二十三歳のとき、山口県徳山市（現在の周南市）で小学校の代用教員になりました。戦後で、教科書がなく、毎日、教えることを自分で考えました。

理科の授業では、給食で使う砂糖をもらってきて、アリがどんな列を作るのかを観察させました。音楽で「雨降りお月さん」を教えるために、オルガンを一生懸命練習しました。

美術に限らず何でも教えなければならず、とても熱心だったなあと当時を思いだします。

その後、東京に出てきて、いろいろあったのちに、鈴木五郎という人が声をかけてくれて、明星学園で小学校四年生に美術を教えることになりました。

授業では、自分の名前の一文字を、立体的に描いてみるだとか、紙の二辺を残して自由に切れこみを入れ、形を作る、だとか、画用紙で箱を作り、その箱の中に箱、その中にまた箱……というものを作ってみたり、さかさまに写るカメラを厚紙で作ったりということをしていました。

そのときの生徒の保護者に福音館書店の松居直さんがいました。どうやら、息子の和くんから、学校の参観があると聞いて、授業を見に来ていたそうです（あとから聞いて、わたしは知りました）。

当時、絵本に興味はあっても、自分から売りこみをするなんてはずかしくて、何もしないでいたら、松居さんから、絵本を描かないかといわれたのです。

「〝お話〟があれば描けるんだけど」といったところ、「文章がなくてもいいじゃないですか」といわれました。はじめは、「文章のない絵本でもいいのかな」と思いましたが、「文章のない絵本でもいいといっているんだから」と思って、文字のない絵本を描くことにしました。

その頃、エッシャーの絵がとてもおもしろかったので、それを松居さんに見せたところ、松居さんはすぐにピンときて、「ああ、それでやりたいんですね」といいました。それで、できあがったのが「こどものとも」で出した『ふしぎなえ』です。

これが、はじめて作った絵本です。当時、文字のない絵本というものはなかったので、いろいろな意見がありましたが、すぐにページをめくって終わり、というのではなく、何度も何度も見て、たのしめるような絵本がいいと思って作ったのです。

『ふしぎなえ』より

『ふしぎなえ』について
──火刑を免れるための供述──

安野光雅

（「こどものとも」一九六八年三月号　折り込みふろく　より）

被告の供述

さようでございます。裁判官様、この絵本をかいたのは私にちがいありません、でもこれには深い子細があ……

えっ？　年ですか、はい私は昭和十五年三月T町の生まれです。T町と申しますのは、山陰の古い町です。どちらを向いても山で、一里四方ほどの空がふたのようにしまっておりました。だから山の向こうはどうなっているんだろうという不思議な思いが頭から離れることなしに育ったのです。

少し大きくなって、山の向こうにも町や村があり、またその向こうには海というものがあり、海の水は塩からくて、その水の中にもさかなが住んでいることなどを聞かされましたが、このような山の向こうのことは、その海の中に竜宮城があることと同じくらいの空想の世界でしかありません。

しかし、空想は限りなく自由で、不合理で、都合の悪いところは霧のようにけぶり、思いのままに美しく描かれていきます。

私の視界をさえぎった故郷の山は、そのかわり、すばらしい虚構の世界を見せてくれたのです。

　山の向こうへつづく白い道は、とても終りがあろうとは思われませんでした。町をこえ、村を通り、どこまでもどこまでも続いたそのさき

が、アフリカの一丁目でありました。アフリカのそのはるかなさきは、たぶん地の果てです。だから海の水が滝のようにこぼれ落ちています。
　中世の人々もそのように考えていたというこ

とですが、そんな時代に、地面が動いているなどといいはじめたコペルニクスとやらは、何というすばらしい想像力の持ち主でしょう。

私も子どものころ、自転車やさんの天津《あまつ》の岩ちゃんという子から、地球は丸くて動いているということを聞いたのですが、それは大変な驚きでございました。

私は、地球はゴムまりのように丸くて、その内側に住んでいると考えたのです。太陽はそのまん中に浮かんで、煙突からでるたくさんの煙は雲となって、ときにその太陽をかくすのです。

これは大変なことです。決して井戸を深く掘ってはいけません。もし深く掘りすぎると地球の裏側へでてしまうではありませんか。地球の裏側は、一体どうなっているのでしょう。それは真の闇で、ドブ川のようなはだざわりで、名も知れぬ怪物がへばりついて生きているのです。

私は、これに似たこわい世界をときどき盗み見することができました。地面の上に鏡を置いて、その中をのぞきこめばよいのです。どうぞ裁判官様も検証してみてください。そこにはポッカリとあながあき、地球の裏側へ通じる道ができるのです。そのあなの中では、家も電柱も、森も山もみんなさかさです。ちょっとでも足をふみはずすと、もうそれは果てもない天空の中へ落ちていかなければなりません。

この鏡の作る地面のあなは、地球の裏側を想像する一つの手がかりでありました。このあなの中はこわいけれどもまだ美しい、しかし本当のあなの中は胸が悪くなるほどの世界にちがいないと思うのです。もし稲妻のはしるようなあらしの夜にでも、地面に鏡を置いて見たとしたら、ほとんど真実に近い地球の裏側をのぞくことができたかもしれません。

え？　気が変なのかですって、いいえちがいます。ここに医師の診断書がございますが、ただの慢性空想過多症とかいてあるだけです。まあお聞きください。

それは、Yという部落へさしかかるさみしい道でした。Kとふたりで歩いて行きました。そんなとき、私のやまいが出てくるのです（Kは金山治世君）。

「K君よ、本当のことというと、ぼくはきつねが化けとるんじゃ」

といってしまったのです。K君は飛びあがって驚きました。

「おまえ、だましとるんじゃろう」

「うん、だましとるんじゃ」

K君は顔色を変えました。こんどは私の方が恐ろしくなりました。逃げて行くK君のあとから大声で呼びました。

「うそじゃ、ワシはきつねじゃない」

でも、もしかすると、尾がはえてしまったのではないかと、そっとズボンの下のしりをなでてみたものです。

もし、本当になろうと思ったら、呪文を唱えればいいのです。呪文さえ唱えればきつねにでも、おおかみにでもなれるのです。

もっと小さい子どものころは、呪文などという堕落した手段に頼らなくてもよかったのに、変な知識がふえてくるようになると、呪文に頼らなければきつねになることができなくなりました。

〝魔法のつえ〟という子どものころ読んだお話がそうなのです。つえのくびを三度まわして呪文を唱えると、たちまち願いがかない、望みの場所へ飛んで行けるという、私のような空想児にとって、とてもうそとは思えない話でありました。

ある日、このお話の方法にならって、人知れず呪文を唱えました。

「タダイマヨリライオンニナリタイ、タダイマヨリライオンニナリタイ。ケレド、イチドライオンニナッテマタニンゲンニカエルコトガデキナイトイケナイカラ、チョットノアイダダケライオンニナリタイ、チョットノアイダダケライオンニナリタイ」

呪文を唱え、ほうきの柄をまわした後に、おそるおそる目をあけました。

ふろ場の鏡の前に、たった今、人の子にたちかえったばかりの、もとライオンの姿がありました。

おゆるしください。呪文を唱えたのは私ばかりではありません。雨を請い豊作を祈る。太古の人々はみな天に向かって祈りました。人の力ではどうすることもできないとき、呪文という最も原始的な魔力に頼ろうとしたのです。

当時の呪術師や魔法使いは、今日の政治家よりも喝采を博し、科学者よりも尊敬を得ていたにちがいないと思うのです。私も魔法使いにはおそれを感じておりました。

お祭りや縁日にやってくる露天商人やサーカスの奇術などは、まだ幼稚ではありますが、魔力の存在を証明してくれましたし、スイッチを入れただけで音楽をかなでたり、しゃべったりするラジオなどは、もう私には魔法使いそのものであります。


まあ、お聞きください。ラジオがエレキテルの所業であることや、地球が丸くて動いていることは、その後改めて知りました。

つまり人間は、地球の外側にいるのだということを知り、宇宙というものの無限の大きさを感じることができるようになったとき、私の頭の中は、ちょうどルネッサンスを迎える、あの歴史的な苦しみにも似た変革が起こったのです。

ハイ、これは少々大げさないい方でした。でも、ともかく呪術師や魔法使いは私の前から姿を消し、今日魔力とさえたたえられる科学とても、ただの冷厳な事実とみることができるようになりました。

故郷の老化した山をとり去ってみれば、その向こうには何の虚構もありませんでした。

幸か不幸か、私の生まれたのは、火あぶりの行われた中世ではなく、すでに科学の夜あけを見た二十世紀であったのです。

占いも、呪文も、奇跡も、魔法も二度と信ずることはない。しかし神もおそれぬ巨人になったわけではありません。

息を殺して、小さくなっている私の中の呪術師と自問自答するところをお聞きください。

「おまえは、呪文なんてものの通力を本当に信じていたのか」

「ええ少しは」

「呪文を唱えれば雨が降るとでも思っていたのか」

「はい降ったこともあります」

「降らなかったことだってあるだろう」

「それはたびたびありました。でも雨はいつかは降りました」

「当たりまえではないか、そんなことで人をだましていたのだろう」

「いいえ、だますだなんてそんな…みなさんが祈禱《きとう》をしろといわれるんで…心ならずも呪文を唱えました」

「心ならずもだと？　今さら体のいいことをいうな。呪文の無力をだれよりもよく知っていたのはおまえではないか」

「はい、でもみなさんが」

「ばかもの。みなさんはな、うそと知りつつだまされていたんだ」

「ええ？　それはどういう意味で」

「幾日も雨が降らないと、みなさんはおまえにだまされたふりでもしなければやりきれなかったんだ。ばか者め、だまされていたのはおまえの方だ」

「ち、ちがいます。ちがう証拠に、ただいま裁判官に呪文をかけて、無罪をいいわたすようにしてさしあげます」

参考弁護人、美術評論家N氏の供述

被告は非常に疲労しております。これ以上、供述をつづけさせるのは、残酷であります。したがいまして、私が参考意見を申しあげます。

　うそと知りつつだまされ、うそと知りつつだます。これが虚構の世界です。文学や絵画は、いわばこの虚構の世界をのぞかせる呪術師であります。この呪術師は、真理を追い求めていく科学の態度と矛盾しないばかりか、むしろ共存しております。

え？　このような証言はいけませんか、科学はもうヒューマニズムをふり切ってしまったのでしょうか。

一九二四年のある日、アンドレ・ブルトンという詩人によりシュールレアリスム宣言というのが読みあげられ、常識的判断を一切停止したかに見える芸術運動が活発となります。滝口修造氏によれば、この運動は「仮装した平和の中にあって、物質文明と合理主義に対する信仰がもたらした人間の衰弱を回復しようとした試みの現れ」であります。

もし被告の絵が有罪となるとしたら、ダリ、ミロといった作家たちは大罪悪人であります。この大罪人の中に、M・C・エッシャーという人があります。彼は思いもよらぬ構想で、精密なる計算のもとに、古典的な遠近法を逆用して、摩訶《まか》不思議な世界を表現いたしました。たとえば、手が手の絵をかいていて、かかれている手はかいている手をかいている、といった妙な絵であります。

被告は、この人の作品に魅せられたのです。そしてその呪いにかかったのであります。空想過多症の人間が呪いにかかると狂人となるのは当然であります。そのために、彼は文字を忘れ絵本に文章をかきそえることができませんでした。しかし、このことはこの絵本に登場する小人が、見る人によってそれぞれちがった言葉をしゃべり、自由な解釈をもたらすという好結果をまねいたようであります。

被告が供述しておりますように、彼が子どものころ、鏡のなかに見た独特な世界は、人間性を回復するか、あるいは幼児におきましては人間性を維持するという意味で、ひとりでも多くの子どもに感覚的にとらえさせたい世界であります。したがいまして、このような絵本を見せることの重要な意味を認めたいと思うのであります。

ただし、もし芸術の上で、あるいはまた、幼児教育、あるいは心理学的な問題点における見解の相違によって、彼の絵が許し難いものとされますならば、検事諸兄が彼の背後関係を探索されなかったことについて一言つけ加えなければなりません。

彼の背後には、松居直、佐藤某といった人物があります。彼らが空想過多症の善良な被告をそそのかし、被告は不本意ながらあのような絵をかいたことも想像できないことではありません。

被告は、彼自身に対する判決の不利であることをおそれる前に、彼の呪術的供述が、貴下の感覚を中世にひき戻すことをおそれるほど善良なのであります。

なお、彼には老齢の母があり、家族の生計を支えいまだに哀れな独身であります。何とぞ情状を酌量の上、寛大なご裁決をくだされますようお願いいたします。

判決

被告および参考弁護人の供述ほど近ごろ本官の頭を混乱させたものはないが、まだあの絵本ほどではなかった。

しかし、両人の供述をきき、証拠調べをしているうちに、この絵本の今日的意義を認める気持ちになった。しかし、コペルニクスの想像力をたたえる異端の思想から、このような絵本が生まれるはずはない。これは被告が魔術を用いて本官の頭を混乱させたためと思われる。

　したがって、被告を魔女、いや魔男と断定し、教皇インノケンティウス八世の勅書にもとづき、みせしめのために火刑を宣告する。

　何？　最後の願いだと？　よろしい手短かに申すがよい。

　何？「それでも地球は動く」と、そういって火刑に臨んだことを記録してほしいというのか……。

　お静かに、傍聴人の諸君お静かに願いたい。被告は果たせるかな魔男であった。そして裁判は公正に行われた。諸君お静かに願いたい。なぜその騒ぎを止めぬ。さ、さてはブロッケン山の魔女のしわざだな。

（一部加筆修正し、再録しています）

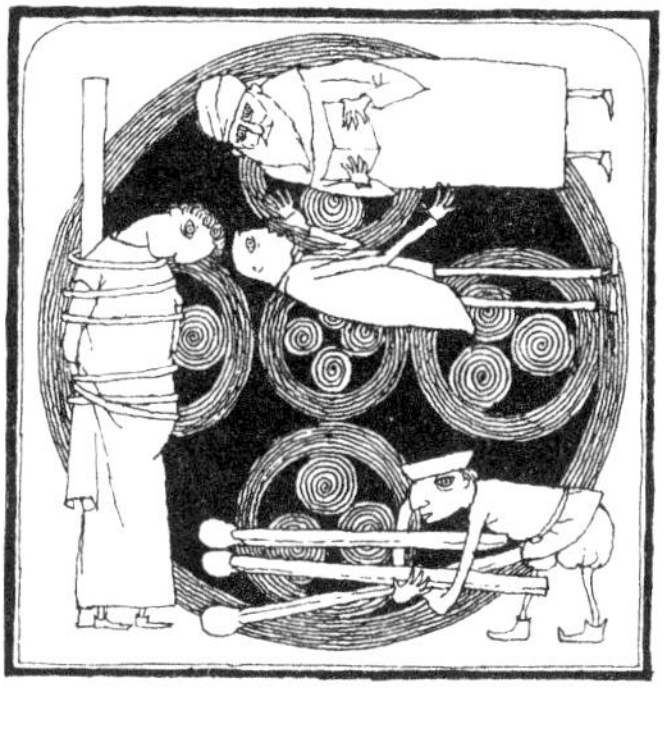

安野光雅（あんの　みつまさ）一九二六―二〇二〇

島根県津和野町に生まれる。山口師範学校研究科修了後、都内公立小学校や玉川学園、明星学園で約十年間教師を務める。一九六八年、初めての絵本『ふしぎなえ』を出版。一九七四年、芸術選奨文部大臣新人賞受賞。その後、ケイト・グリーナウェイ賞特別賞（イギリス）、最も美しい50冊の本賞（アメリカ）、BIB金のりんご賞（チェコスロバキア）、国際アンデルセン賞、菊池寛賞など、国内外の数多くの賞を受賞。一九八八年に紫綬褒章、二〇一二年には、文化功労者に選ばれた。二〇〇一年、故郷津和野町に「安野光雅美術館」、二〇一七年、京丹後市に「森の中の家 安野光雅館」開館。

主な著書に『ふしぎなえ』『さかさま』『もりのえほん』『しりとり』『あいうえおの本』『ABCの本』『はじめてであう すうがくの絵本 1～3』「旅の絵本」シリーズ全九冊（以上、福音館書店）、『野の花と小人たち』（岩崎書店）、『繪本 平家物語』（講談社）、『10人のゆかいなひっこし』（童話屋）、『絵のある自伝』（文藝春秋）、『安野光雅 自分の眼で見て、考える』（平凡社）、『赤毛のアン』（朝日出版社）、『本が好き』（山川出版社）などがある。

かんがえる子ども

発行日　二〇一八年　六 月一五日　初版発行
　　　　二〇二一年一一月二〇日　第七刷発行
著　者　安野光雅
発行所　株式会社　福音館書店
〒一一三－八六八六　東京都文京区本駒込六－六－三
電話　営業　〇三（三九四二）一二二六
　　　編集　〇三（三九四二）六〇一一
印　刷　精興社
製　本　積信堂

NDC九一四　一二八ページ　一八×一四センチ
ISBN978-4-8340-8406-1
https://www.fukuinkan.co.jp